永遠の彼

病気とともに、
社会福祉の世界に生きる

今野こずえ
Kozue Konno

文芸社

まえがき

――たとえば、同じ状況や似ている環境にある人と出会えたら、ちょっと元気になれる。病気や障害があっても、楽しく生きられることを分かち合える誰かと出会えたら、もっと元気になれると思う――。

私は、脳内の多発性海綿状血管奇形という病気とともに生きてきて、二十六歳の時は、心因性非てんかん発作（Psychogenic Non-Epileptic Seizer=PNES）という病気の診断も受けた。

PNESは、てんかんとよく似ている症状だけれど、似て非なる病気だ。てんかんは、脳神経の異常によって発作症状が現れるのだが、PNESは、精神的・心理的な要因で発作症状がおこる。「偽発作」とか「疑似発作」と診断されることもあるが、決して、わざと発作をおこしているわけではないことを強調したい。

私の場合、発作がおこる〝精神的・心理的要因〟は、自覚できていない気持ちの負担、ストレスだ。

誰しもストレスはあるのだが、例えば、ストレスが溜まっていくコップがあるとしたら、そのコップからあふれ出てしまう状態になる（発作がおこる）。あふれる前に捨てることがうまくできないのだ（ストレスに気づき対処することが難しい）。

発作症状は皆が同じではなく、私は主に、深夜から起床前に発作がおこる。全力で腹部と腕に力を入れた状態が断続的におこり、完全に治まるまで数十分から数時間かかることもある。もちろん、無意識で、意図的ではない。そういった発作がおこることは、仕事に行けないなど、日常生活にも影響し、体も気持ちも、とても苦しい。

〝ストレスコップ〟があふれないために、主治医と認知行動療法を行い、また、PNESがあっても、私が望む生活、活動的で楽しい生活、もっと学んで福祉の世界で働ける生活を目指しているところだ。

PNESの患者数は、多発性硬化症という難病と同じくらいと聞いている。国内では、十万人に八、九人ほどということになる。患者数が百人に一人と言われるてんかんでさえ、いまだ正しい知識を得られていないとすると、PNESは、もっと知られていない。私自身、自分のことになるまでは知らなかった。

二〇一〇年に診断されてから五年経つ。二〇一三年には、二カ月間の入院生活で担当の医師とこの病気を学んだ。それでもようやく理解し始めたほど難解で、診断も難しいと言われている。診断されても、それを受けいれられなかったり、発作がおこる自分について話せるようになったり、気持ちは変化しつづけている。

ほかの病気と同じように、病気の一つであることに変わりないのに、なぜか軽視されているように感じることが多かったり、医療従事者の知識もまだ乏しかったりする印象がある。確かに、直接的に生死に関わるものではないが、そういう状況は、病状が重いのとは違う、病気の苦しさがある。私も、これは病気と言って良いのかどうか、よくわからない期間が長く、よくわからないことは苦しかった。

しかし、診断が難しいと言われる病気でありながら、私は、てんかんとPNESに精通している医師と出会えた。

そして、この出会いが、「パープルデー」という活動を知るきっかけになった。衝撃を受けたパープルデーには、しあわせを感じて生きるヒントが秘められているような気がした。

病気であっても一生懸命がんばっているとか、懸命に生きているとかではなくて、病気であっても「楽しそう、しあわせそう」と言われるような生き方がしたい、と私は思うようになった。見えないところで支え続けてくれる、父・母・妹、友だち、病院の先生……がいるからこそ、そういう気持ちになったと思う。パープルデーを体感した時に、私は「これだ」と思った。

パープルデーとは、二〇〇八年、当時九歳だったカナダの女の子が始めた、てんかんの啓発活動。三月二十六日、むらさきいろを身につけて、同じ病気の仲間に、「ひとりじゃないよ」と伝える。社会に向けて「知っていますか」と問いかけ、仲間には、「応援してくれる人がいるよ」というメッセージも込められていると思う。

当事者や家族や医療従事者に留まらず、賛同する人も広がり続け、世界のあらゆるところで、様々なかたちでパープルデーは展開されている。「happy purple day!」というメッセージが世界中から発信されたことに、私は衝撃を受けた。病気の啓発のイメージがひっくり返された感じがした。これまで、何かの啓発で「happy」ということばを聞いたことがなかった。とにかく、明るく盛り上がる、楽しいイベントに見えたのだ。

身近なところでは、ファッションの一部にむらさきいろを取り入れるとか、むらさきいろで作ったものの写真を、Facebookに投稿することで参加する。世界中から投稿された写真を見ていて、世界の有名な建造物がパープルにライトアップされていたことに胸が高鳴った。日本でも、病院の建物や名古屋のテレビ塔が、むらさきいろにライトアップされていた。インターネット、SNSによって、世界中で一体感みたいなものが生まれるのを、初めて体験した。そして、こんなにも明るい仲間が世界にはいるのだと感じられて、うれしくなった。

近い未来、私も仲間を増やして、大好きな東京タワーを、パープルデーのむらさきいろに染めたいな……。それに青緑いろを足したら、PNESの啓発のいろにもなる……。

パープルデーを国内に広めたい。PNESのことも知ってもらいたい。まず知って、次に興味を持って、そして共感して、応援するよと言ってくれる仲間が増えたら、そのパワーを心強く思う人が、きっとたくさんいるだろう。

——十二年前出逢った彼は、病気であっても前向きで明るい人だった。

彼と会うことがなくなった今、私にとってパープルデーを広めていくことや、PNESとともに生きている人とつながること、病気があっても楽しく生きていくことは、彼に寄り添い続けることでもある。

病気体験を活かせる道を拓いてくれた彼への感謝、大好きな家族や友だちへの想いも込めて、私が社会福祉の世界にたどり着くまでと、彼とのことを書きたいと思う。

目次

永遠の彼　～病気とともに、社会福祉の世界に生きる～

1　かなわぬ夢、出逢い

私は看護師になりたかった。理由は二つ。高校生の時から通院生活をするようになって、優しく寄り添ってくれる看護師さんが大きな存在になっていたからだ。

看護師さんが一緒にいてくれることで、私は安心できた。私が言えないことを代わって先生に伝えてくれることもあったし、先生には話せないことも話せたし、私が不安に感じていることや先生にうまく伝えられないもやもやした気持ちを聴いてくれた。

予定していない日に行くと、今日はどうしたの？　と声をかけてくれ、それだけでも気持ちが軽くなった。気にかけてくれている人がいる、と思えることが、こんなに安心することなんだと思った。だから私も、誰かに寄り添える人になりたいと思った。つらいこと、苦しいこと、どうしたら良いのかわからないこと……ひとりでは抱えきれないようなことに、寄り添える人になりたかった。もちろん、うれしいことも一緒に喜び合いたい。

自分の病気がきっかけで看護師に憧れるというのは、ありふれた動機だが、もう一つ。

将来、自分の力だけでも食いはぐれない仕事に就きたいと思ったという理由もある。私は結婚して新しい家庭をつくる人生は歩まないと思っていた。ずっと病気があり続けるかもしれない私と結婚する人なんていないだろうと思ったから。高校二年生の頃から、本気でそう考えるようになった。そして、そのときに一番、魅力を感じる資格職が、看護師だったのだ。

二つの動機を持っていた私だが、看護体験に行って考えさせられたことも動機になったように思う。

かつて、老人病院と言われていたところで看護体験をさせてもらったとき、そこでの看護師の仕事を見て、なんだか人間味がないというか、淡々とルーチンワーク（流れ作業）のように行われていることが「看護」なのか、忙しいという理由で全部を済ませていいのかなど、いろいろと疑問を持った。

知識も経験もない、ただの高校生の私たちが、一人で食事ができない人に食事介助を任されたのも怖かった。言い方がすごく悪いが、動物に餌をあげるようにも見えてしまった。目の当《ま》たりにした食事の光景は、ペースト状のごはんとおかずを全部ぐちゃぐちゃと混ぜて一品にし、そこに薬をふりかけのようにかけたものを食べさせていた。どんな味がするんだろうか。おいしくないことだけは、想像できた。初めて褥瘡《じょくそう》の処置を見て、気分が悪くなってしまった子がいたけれど、それ以上に、私は食事の場面に驚いた。

一緒に行った友だちと三人、呆然と駅のホームに並んで立って、遠くを見ながら、あの状況を私たちが変えようと、誓った。


パティシエになりたい、がんの研究をしたい、高校の教員になりたい、公務員になりたい、海外で活躍したい——。クラスのみんなが持っている将来の夢を、みんなで応援した。その夢、きっと叶えられるよ、がんばってと。

高校三年のとき、それぞれの夢であふれていた教室から、みんなは夢への一歩を踏み出していった。

一緒に看護体験に行ったことがある何人かは看護の道へ進んでいき、パティシエを目指す友だちは、「結婚式に、大っきなウェディングケーキを作って持っていくね」と私に言ってくれた。

私も、みんなと同じように夢を持っていた。

誰かに寄り添える看護師になりたい——。

しかし、動機がたくさんある私の夢は、応援してもらえることはなく、反対された。誰もが反対した。家族も友だちも学校の先生も病院の先生も、みんな。体力的にきついから、大変な仕事だから、という理由だった。それと、病気である私が看護の仕事に就いても、楽しく仕事ができないかもしれないとも言われた。医療の世界ほど、病気のある人が働く場として、敷居が高い世界はないと思う。「健康な人」が働く場所なんだって。

そんなにも反対される要因が私にあるということなのだろうが、納得できずにいるうちに、浪人する道しかなくなってしまった。しかも、浪人しても先は塞がったまま見えずにいた。

高校三年生の浪人が決まる前、誰もが反対するのを押し切って、看護系の大学を受けた。三年制の専門学校よりも、四年制の大学のほうが、少しは余裕を持って学べるのではないかと、病院の看護師さんにアドバイスしてもらったからだ。

でも結果は、全部の大学に落ちた。神奈川にある大学二校、栃木にある大学二校、ひとつの大学で複数回受験できるところは、複数回すべて受けた。反対している親に、合計で七回もチャンスをもらったのに、ひとつとして掴めなかったのは、明らかに私の学力不足だった。病気に道を塞がれたのではなくて、本当は単純に私の力が足りなくて、進みたい道へ踏み出すことがかなわなかったのだ。

そう思うことを避けて、病気のせいにしていたのかもしれない。薬の副作用でとにかく眠くて、勉強どころではなくなっていたのは本当なんだけれど。

幼なじみの友だちは「きっと、神さまが、今これは違うって言ってるんだよ」となぐさめてくれた。

浪人生になっても、なりたい夢をあきらめられたわけではなかった。誰に反対されても、私の人生は私が決める、病気を理由に反対されても、夢はあきらめたくなかった。むしろ、病気であっても〝できる〟ということを証明をしてやろう、くらいに思った。自分の将来を、どうして自由に決められないのかよくわからなかった。みんなは自分のなかにある夢へ向かって踏み出していったのに。どうして、私はそれを止められてしまうのか、わからなかった。わかりたくもないし、わかろうとも思わなかった。やってみないと、ダメかどうか、わからないはずだから。

心のどこかでは、誰からも応援されて進んでいきたいと思っていたけれど……。それでも、誰にも応援されなくても、もう構わなかった。

私の意志は強かった。というより、頑固だったという表現のほうが合っている。柔軟性のない思考が、見える世界を狭くしていたと思う。どうしても、その意志を貫きたくて、再び、看護系の大学を目指した。

今から思えば、浪人を始めるときに歩けなくなってしまったのは、浪人することや先が見えない状況という負担が大きすぎて、身体が不調に陥った結果だと思う。でも、私は負担が大きすぎるストレスを自覚していなかった。これも、PNESの症状だったように思う。腰のあたりに激痛があり、立っているのも座っているのもつらすぎて、私は結局入院してしまった。

予備校のクラス分け試験は、その入院で受けられず、高校の推薦で入れるクラスに入った。ひとりで通い、ひとりで黙々と勉強し、ときには進もうとしている道が適当なのか自問自答し、悩みながら、それでも自分で決めた道へ自分の力で進んでいこうとした。

クラスの女子で浪人したのは私ひとりで、高校の友だちのみんなが、どこかしらへ進んでいったことが苦しかった。

浪人生活は孤独だと、私は思う。一応、予備校にもホームルームがあって、クラスの担任のような人はいたが、高校生のときのように、いつも励ましあったりする友だちが近くにいない、相談できて頼ってもいいと思える学校の先生がいるわけでもない。基本的に、すべての行動はひとりだった。

本当に、孤独だった。

唯一、孤独のつらさを共感してくれたのは、前の年に浪人していた先輩だ。「友だちをつくるために浪人しているわけではない。自分のために勉強して、自分の進みたい道にいくことだけを考えればいい。それだけのこと」、そう言われた。気持ちを強くもてと言われているようだった。確かに、誰かのための浪人でもないし、どこへ進みたいかを決めて、そこへ向かっていくのも私。周りを見て比べる必要もない。そんなにシンプルなことなんだ、と思った。

そういう、孤独……ひとりの時間を体験したことは、大学に進学してからも社会人になってからも役に立った。誰かと一緒にいなくても、自分の行動ができる。ひとりに慣れた。孤独の最中、私の心の拠り所はweb上で、そこで私は「彼」と出逢えた。ひとりだから、誰かとつながりがほしい気持ちは強く、自分の力で進んでいくための支えが必要だったのかもしれない。

彼はメールで話をきいてくれて、応援してくれた。誰からも反対される理由を、彼が全部わかっていたと思わないけれど、表立って応援してくれる人が初めて現れた。私は孤独だったけれど、ひとりぼっちではない気持ちになれた。

＊

～出逢い～

彼はwebデザイナーの仕事をしている人だった。

彼と初めて会ったときにもらった名刺の肩書きに、webデザイナーと書いてあった。コンピューターとかパソコンとか、よくわからないけれど、ホームページを作ったりする仕事らしい。それを見て、私もホームページとか、何かを通して、同じ病気や似ている状況の人とつながる場所を作りたいと思った。

当時は、今のようにSNSで誰かと容易につながれるものなんてなかった。

デスクトップのパソコンは箱型で大きくて、地デジになる前のブラウン管テレビと同じ。その横に、もう一つの箱があって、その電源を押すとモーターみたいな音を鳴らして動き出した。最初に出てくる画面はWindows98という水いろの画面。インターネットは、ファックスを送るときのような音をしてつながるダイヤル回線で、つないだ時間のぶん、料金が発生するという時代だった。ダイヤル回線の音は不思議な音で、いかにもなにかと交信してつながろうとしているようで、コンピューター同士の世界のようだった。そんな時代に、私たちは、インターネット上で出逢い、メールをやりとりするようになった。

私はその頃、毎日、ネットサーフィンをして過ごす時間が多かったと思うけれど、何を熱心に調べていたのか覚えていない。なんとなく、海綿状血管奇形という自分の病気について調べていたのかもしれない。

ふらふらと人生の迷子のようにネット上を私は漂い、何かが気になってたどり着いたのが、彼のホームページだった。

彼のホームページを見ていて、彼も何かの病気であることがわかった。詳しいことは全然わからないけれど、前向きで明るくて素敵な人……そんな印象を受けた。

　病気が自分の進みたい道を塞いだと思っていた私は、彼もそういうふうに病気のことを考えることはないのか、知りたくなった。病名とか症状とかを知りたいわけではなくて、彼が「病気」をどんなふうに捉えて生きているのかを知りたくなった。

　私はメールを送りたいと思ったが、すぐに送ることはできなかった。知らない人にメールするのは、やっぱりちょっと抵抗があるし、なにをどう送れば良いのかも、いまいちわからなかった。書いては消し、とりあえず保存し、何度かそれを繰り返していると、時間切れと言われているように、パソコンは熱くなって、モーターみたいな機械の音が鳴り響いた。静かな夜中、この音が家じゅうに広まっていかないように、振動しているパソコンの箱を手で押さえた。

　ようやく、その後、私は彼にメールを送ることができ、メールのやりとりが始まった。

　私は彼に、どうしたら前向きに明るく輝くように生きていけるのかを尋ねた。

　人生の迷路から早く抜け出したい。新しい夢を持って、塞がれた道が拓けた先を見たい。

　私だって……。

　パソコンは家族共用でリビングにあったから、私は家族が寝静まった深夜、パソコンに向かっていた。インターネットの接続時間が長いと、利用料金の請求が来たときに、こうしていることがばれてしまうと思いながら、時間を気にしつつメールを作った。メールに綴ることばで、気持ちも届くのかな。

はじめ、彼と会えるのは、夜更けの当時のパソコン特有の灰色っぽい無機質な箱の画面を通してのみだった。

2　予備校時代

予備校へは、朝、自転車で駅まで十分、電車に乗って十三分、そこから歩いて七分で着く。タイムレコーダーを通して、一日が始まる。一コマ九十分の授業。高校生のときに通った予備校では、一コマ九十分、四十五分で一度休憩だった。高校の授業は一時間が五十分。

馴染みのないスケジュールになったけれど、それにはすぐ慣れた。

一日中、授業でうまることはほとんどなくて、次の授業までの空き時間に何をするか、時間の使い方も自分しだい。ラウンジで仲間と楽しく昼食を食べたり、勉強しあっている光景を見ていると、いいなと思った。

クラスで浪人の道を選んだ男子は、みんな別の予備校に通っていた。別々だったけれど、みんな近くにいて、時々、待ち合わせてごはんを食べに行った。束の間の楽しい時間。進んでいく先は違っていても、そのとき、浪人という同じ道を歩いている仲間はいたということ。

私は、空き時間は自習室にこもった。高校生のときに通った別の予備校でも自習室を借りたことはあったが、ずっと勉強していることなんてなくて、寝ていたり、テキストをぺらぺらめくりながら何も考えずに音楽を聴いていたり、あまり真面目に勉強していなかった。静かな自習室で、聞こえるのは周りの人たちのペンの音。私が使う前の机の角には、消しゴムの屑が山のようになっていることが、よくあった。みんな、すごいな……と、他人事《ひとごと》のように傍観している私がいた。

科目ごとにクラスが分けられていて、私は、どの教科も一番レベルの低いクラスにいた。「センター英語」とか「私大現代文」とか、数学も化学も。それでも、まだついていけない。授業の内容を、ちゃんとわかったことなんてあったのかどうかも微妙なところ。高校の授業も、三年生の後半ごろから、訳がわからないまま、どうにかついていったという感じだった。

レベルが低いならせめて教室だけでも上のほうへという理由らしく、教室は一番上の七階にあった。有名私立大学を目指す人たちが持っている、「ハイレベル」と書かれたテキストを誇らしげに持つ男子たちが、七階のことをそう言って笑っているのを聞き、私はエレベーターを使うことをやめた。七階のボタンを押すのが恥ずかしくなって、毎日、七階まで階段を上って降りた。疲れても、恥ずかしい思いをするより良かった。

＊

～彼の入院とその後～

インターネットで出逢って間もなく、彼が入院して、お見舞いに行ったことがある。病院のある場所を調べる。信濃町……初めて聞く駅名。どこだろう。パソコンでインターネットをつなぎ、乗換案内で行き方を検索した。大宮から新宿、中央総武線に乗り換えて行ける。

予備校の帰りに向かう途中で、はっと、お見舞いだから何か持っていかなくちゃと思った。ドラマでよく見るのは、お花、果物……。りんごを剥くシーンがよくある。考えながら駅のなかを歩き、電車に乗る前に、私が好きな焼き菓子の店に寄ることにした。ちょっとした贈りもの用に並べられていた、白い箱で水いろのリボンがついているもの。箱に耳がついていて、くまの顔になっていた。あと、お花……ここから持っていくよりも、もっと近くで見たほうがいいかな。

初めて会う彼は、とても病院らしい病院にいた。天井が低くて、白色の電気で、冷たい感じ。メールで聞いていた五階の部屋を探した。大部屋の、入口を入ってすぐ左のベッドに彼はいた。サイドテーブルには、黒のノートパソコンが開かれていた。

はじめまして。

すごく目が見えづらそうにしている彼と、初めて顔を合わせた。当然だけど、緊張した。正直なところ、ネット上で知り合った、知らない人と会うのは怖いイメージがあった。だから、病院でよかった。病院という場所なら、会える気がする。会ってみたいと思ったのだ。

立派なものではない、ちょこんとしたお菓子の箱と、とっても小さな花束を手渡すと、彼は、ありがとうと言って、パソコンの横に置いた。ちょっとぶっきらぼうに感じた。迷惑だったかな。

病棟の廊下にある長椅子で少し話して、あっという間に消灯時間になるところだったけれど、外に出て話の続きをした。病棟の看護師さんも、見逃してくれたように見えた。

ぬるい風が少し吹いていた、四月下旬。私たちは何かを語り合った。とにかく楽しかったことは覚えている。互いの年齢を聞いて、一緒にびっくりした。私は彼がもっと若いと思い、彼には私が大人びて見えていた。二十九歳の彼と十八歳の私。歳なんて関係ないんだねと、笑って過ごした。いっぱいしゃべっていっぱい笑った。

夜の病院の外でふたり、何をそんなに語り合い、過ごしたんだろう。きっと、互いの好きなことや、これから先にある夢、だと思う。人生の迷子になっていても、一緒に、笑い合って、楽しいことが待っている未来を想像した……。

彼とはほとんどメールだったけれど、電話で話した記憶もある。

「みんなに反対される看護の道に進んで良いのか迷っているんです。ほかの道を考えたほうがいいのかな……」

「ほかにやりたいこととか、興味のあることは何かあるの？」

「なんだろう……。でも、子どもに関わることには興味があるかも」

「保育士とか？」

「いや、それは何か違う気がするんです。絵本とか、児童文学とかそういうのが好きで……」

「へえー、そうなんだ」

「私、子どもの頃に〝童話〟を書いていたことがあるんです」

「そうなの？　どんな話をつくっていたの？　読んでみたいな」

「もう残ってないし、あまり覚えてないけど、すごく短い話をいくつも書いて、父がワープロで打ち直してくれて」

そんな会話をした。彼が話を聞いてくれることはうれしかった。否定されない。何でも「へえー」と聞いてくれて、言葉には表れていない私の何かを掘り出してくれた。興味を持っていることが、ほかにもあるのだと気づかせてくれた。

看護師になりたい。でも本当にみんなの反対を押し切って進んで良いのだろうか……だからと言って、ほかに何をしたいのか、わからない。それなら、やっぱり意地でも看護の道に進んでみせようと、私の頭のなかはごちゃごちゃした考えの循環で、そのときもまだ、そのループからずっと抜け出せずにいた。

「今日はお休みでした」

「じゃあ今日は何をしていたの？」

「何かをつくりたくなって、粘土です」

……ちょっと恥ずかしくて声が笑った。

「そう、とか？」

……彼はおもしろそうに、笑って言った。

「そうって。違いますよー。バラの花束みたいなものをつくっていました」

「へえー。やっぱり何かをつくることが好きみたいだね」


私がつくったのは、バラの花十個。緩やかな曲線で形づくられた小さなバスケットに、生花につかうオアシスを入れて、小さなバラに針金の茎をつけて生けた。

紙粘土には絵の具を混ぜて色をつけた。バラは薄いピンクいろで、葉っぱは淡い緑いろにした。ピンクのバラのなかに、ひとつだけ白いろのバラをつくった。絵の具を混ぜないままの白いろ。薄いピンクに色をつけた花は、夢に向かって一歩踏み出していったクラスのみんな。色をつけていない白い花は、それができなかった私。決して、楽しい思いでつくっていなかった。

予備校が休みでできた時間を、どう使うか考えて、私は百円ショップでなんとなく白い紙粘土を買ったのだ。時間があるなら、勉強するのが浪人生でしょと、自分に言いたくなるけれど。

なんとなくつくったバラは、「私の好きなこと…つくる」を表しているのだと、彼と話したから思えてきた。少しだけ、ごちゃごちゃした循環の考えから抜けて、新しい別の道のことに目を向けられた。

私はどこに向かって、いま何をすべきなのだろう。新しい魅力的な夢をもちたいと思っていた。


彼と何かを話したひとつに、「Post Pet」というものがあった。自分の飼っているキャラクターが、相手へのメールを届けてくれる。相手のキャラクターは、私のキャラクターにメールを届けてくれる。

おもしろそう。

「たまごっち」のように、ごはんをあげたり、部屋をつくったり、洗ってあげたり、かわいがることもできる。

メールが楽しくなるよ。

彼は、Post Petをインストールするための CD-ROM を送ってくれた。壊れ物を梱包するときの、あのプチプチに包まれて、そこに切手が貼ってあって、その横に、私の住所と名前が書いてある紙が貼ってあった。彼の書く文字を初めて目にする。

大人の字、なのかな。

プチプチの端を丁寧にはさみで切って開封した。いつもは力ずくでびりびりと破って封を開けるのに。

鮮やかな花がプリントされた CD-ROM とお手紙が入っていた。

「さて、パソコンにまだまだ不慣れな私が、ちゃんと使えるようになるでしょうか」

CD-ROM が届いたお礼を伝えるメールの返信では、そんな感じだった。できるかな?と、にこにこしている彼の姿が想像できた。

さっそく、我が家の共用のパソコンにディスクを入れて起動した。彼が言っていたように、手順どおりに設定をしていったら、使えるようになった。画面上に、ピンクのくまと、くまが暮らす部屋ができた。ここで、キャラクターどうしがメールを送り、受け取る。

私はピンクのくまを自分のペットにした。名前は「ももち」。ピンクいろだから、ももいろだから。とっても単純な理由で名前をつけられた「ももち」は、部屋のなかをいつも動いていた。そして、時々いなくなった。誰かの部屋へ遊びに行っているのだ。私は、彼としかこのペットでメールをやりとりしていないから、遊びに行くところは、彼のキャラクターの部屋しかない。彼のペットは「コロ」と名づけられていた。クリームいろのうさぎ。「コロ」が、ぴょんぴょんとメールを届けてくれる様子はかわいかった。たぶん、「ももち」が「コロ」のところへ、とことこメールを届けるかわいらしさを、彼も見ていたのだろう。

お菓子をあげると喜んだり、そういうアイテムを増やしていけるみたいだったけれど、私のちからではできず、彼の「コロ」がプレゼントしに来てくれたこともあった。

こうして、私たちのメールのやりとりに、それぞれのペットが加わるようになった。

私は、「ももち」の部屋を開いては、「コロ」ちゃんが来てくれないかなと、待った。メールチェックなんて、一日に一回するくらいだったのに、すっかり、このペットたちに、毎日メールをチェックするようにさせられてしまった。

　彼とのメールのやりとりは、長文に対して長文で返すこともあれば、短いメールの送受信を続けて、チャット……いまならLINEのように使うこともあった。本当に会話しているみたいに。

3　新しい居場所

浪人生活を始めて四か月ほど経ったとき、化学のクラスだけ、レベルアップした。その頃、お昼の休憩時間に、同じ授業を受けていた女の子が、「よかったら、一緒に食べませんか」と声をかけてくれた。家から持ってきたお弁当をひとりで食べていた私に、初めて予備校で友だちができた。実際、友だちと言って良いのかわからないけれど、でも、私にとっては貴重な存在。ここにも、仲間ができたと思った。

帰りが同じ時間のときは、私も含めた四人で予備校の近くにあるファストフード店で一緒に勉強した。予備校の友だちが目指しているのは、研究者とか医者とか、私は考えもしない、未知の世界だった。当然、勉強では私がわからないところは、全部教えてくれた。七階で授業を受けることを笑っていた人たちとは違って、温かかった。どこに向かって進めば良いのか、私が人生に迷子になったまま彷徨《さまよ》っていることを、病気を含めて、本当に心配してくれた。

私たちの気持ちは同じ。次の受験で自分たちの進みたい道へ行くということ。私たちがよく口にしていた「成人式は振り袖を着ようね」というフレーズは、お互いの気持ちを引き締めるものだった。もしも二年浪人したら、浪人中に成人式を迎えることになる。それは避けたかった。みんな、夢に一歩踏み出してから、成人式を迎えたい、と思っていた。

＊

～お台場～

初めて一緒に出かける日、十一歳離れた彼に届きたくて、十八歳の私は少し背伸びした。ピンクいろのふわっとしたスカートに白いブラウス。普段は履かないのに買ったヒールのある白いサンダルと、雑貨屋で悩み抜いて選んだアクセサリー。まだ肌寒いんじゃないのと、母から言われる格好をして家を出た。

そんな格好をすると、少し大人になったような気持ちになれて、わくわくした。彼と出かけることも楽しみだったけど、ちょっと大人びたふうにすることも、なんだか楽しかった。

その日は、言われたとおり、少し肌寒いくらいだったけれど、とても天気が良かった。わくわくと緊張の気持ちで迎えたこの日。五月の晴れた空は、私の気持ちと同じに見えた。

初めて一緒に出かけた場所は、お台場だった。私はまだ行ったことがないところ。わくわくして、早くゆりかもめに乗り込みたい、と思っていた。ゆりかもめの新橋駅の前で、待ち合わせた。一度会っているから、たぶん、どちらかが気づくだろうと。

待ち合わせた場所で彼と会い、逸《はや》る気持ちのままに、どこまでの切符を買えばいいのかもわからないけれど、「台場」と書いてあるところだよねと、一足先を歩いて券売機にお金を入れようとした。ちょっと待ってと、彼が追いついてきてくれた。私たちの行き先は「お台場海浜公園」。

私は、ゆりかもめに乗ったのも初めてだった。高いビルに接近して、ビルだらけの中を縫うように走る景色はすごく楽しかった。彼は、乗り物の構造や、建築のことなどを楽しそうに話してくれた。私には全くわからない世界を知っている人なんだと思った。

景色のきれいなところへ連れていってもらった。海。お台場海浜公園の磯浜エリア。東京の海は、思っていたよりもずっと綺麗だった。

海辺の岩を次々に、ぴょんぴょん跳ねて歩く私を、危ないよと笑って見守ってくれながら、彼は趣味の写真を撮っていた。海とレインボーブリッジなんて、最高の景色。晴れた空と、澄みきった空気が、もっと美しくした。「hiromichi nakano」のベージュいろのトートバッグのなかにはカメラが入っていたんだ。

あのときのカメラに、お台場から見る五月の東京湾の景色と、私もいたかな。

ここのデザインはとても綺麗なんだと彼が教えてくれた「ジュエリーショップ」。初めて足を踏み入れる大人の空間にドキドキしながら、一緒に、きらめくショーケースを見ていた。

これ、かわいい。私が指した指輪は、その日つけていたものによく似ていた。

そういうのが好きなんだね。そうしたら……こういうのはどう。

私が見ていたのよりゼロがひとつ多い「ジュエリー」の並ぶところを指して彼は言った。

このブランドは、水がコンセプトだと彼が言ったような気がする。シルバーの美しい流れるようなラインに、いかにも繊細そうな小さな水いろの石がキラキラしていた。水いろの石、アクアマリンは三月の誕生石。私の誕生月。私たちは、いつかねって、微笑みあった。

ランチは、パスタのお店に入った。

「何か食べたいものはある？」

……何かって聞かれると困るな。何て答えるのが正解なんだろう。ジャンルで答えるものなのかな。

「うーん。何だろう」

「嫌いなものとか、食べられないものはある？」

……特にないかな。

「ないです。何でも食べられます。でも、ピーマンが好きじゃないかも」

そんな子どもの嫌いなもののランキングに入りそうな答えをしたことに、彼は笑った。

そのお店は、生パスタのお店だった。その響きも、初めて聞いた。食べるのが遅い私。おしゃべりしながら食べていたら、もっと遅くなる。もっちりしていておいしいと聞いたとおりの生パスタは、私の食べるスピードと逆に、水分をどんどん吸った。フォークでからめとろうとしても、いっぱいくっついてきて上手に食べられない。のんびり食べていると固まってしまうのね。

デザートにケーキを付けた。

「甘いものは好きですか」

「うーん。嫌いじゃないかな」

嫌いじゃない。好きでもないということだけど、私のデザートに彼もつきあってくれた。

ランチのあとで、ぷらぷらとお店のなかを見て、ときどき外を散歩して、ちょっと疲れてきたし、座る？　と、お茶をする。よくある行動パターンのとおり、彼と私も時間を過ごした。

ランチのお店よりも、広くて開放的なところに入った。ティータイムのケーキセット。甘いものが嫌いではない彼の前にあるのも、同じセット。一日でケーキを二個も食べることはないって言った。

「つきあってもらっちゃって、ありがとうございます」

「いいよ、気にしないで」

ランチのときよりもおしゃべりは減って、少し静かに時間が流れていった。ゆっくり紅茶を飲みながら、彼はコーヒーを飲みながら。

どうして、行き先が、台場の海になったんだろう。

まだ行ったことがない話題のスポットに、私は行ってみたいと言ったのだろうか。彼が、行ったことある？　と聞いてくれたほうが先だったかもしれない。

パレットタウンの観覧車には、乗ってみたいと言ったのは間違いなく私だ。自分のちからでは行けないくらいの高いところへ行くと、普段見ることのできない景色が見えて、それが好きだから。

彼は、乗るなら夜景が綺麗だから日が落ちてからにしようと提案してくれた。ちょうどその日、東京タワーが青いろになることも彼から聞いた。青い東京タワーを見てみたいと思った。ほかのいろになることが、当時はめずらしかったのだ。

私たちは、待った。

日が落ちるまでは、だいぶ時間があった。五月だもの。そんなに早く夜景にならないよね。

ファストフード店に入り、彼はコーヒーを飲み、私はパフェのようなものを食べた。

さすがに彼は甘いものを避けた。一日に三個は……って、苦笑いした。そうですかー？

と私は、苦笑いする彼を気にせず小さなパフェを食べた。会話が途切れたままの時間が少しずつ流れていった。

そろそろ行こうか。

自分のチケットをそれぞれ買った。並んだ覚えはない。すぐに乗れたのだろう。何いろのゴンドラに乗ったんだっけ。どっちが先に乗って、どういう位置に座ったんだろうか。

わーきれいー。

私はずっと外を見ていた。彼は、うん、綺麗だね、と言った。

彼はあまり楽しそうじゃなかった。やっぱり、歳が離れた私と一緒にいるのは退屈になっちゃうのかな。日が暮れるのを待っているあいだも、そんな感じがした。

観覧車で夜景の空中をぐるっと一周。綺麗な夜景を見てうれしかったはずなのに、なぜか早く一周しないかな……とも思っていた。

またね、と別れたはずだけど、観覧車のあとの記憶がない。どこから電車に乗って、どんなふうに別れたんだっけ。覚えているのは、彼は私が電車に乗るところまで送ってくれたこと。電車がホームから過ぎていく前に、何だかつまらなそうな彼が、ホームを去っていくのを見ていたこと。

まだ、ふわふわのスカートにブラウスとサンダルでは肌寒かった。おしゃれを優先して出かけても、十一歳離れた彼には届かなかった。私はやっぱり、彼よりも十一歳若くて、幼くて。

4　新しく見つけた道

ごちゃごちゃの考えは、少しほどけても、またすぐに戻ってしまう。浪人の夏が来ても、まだ、私は看護の道へ進もうとしていた。本当にこれでいいのかなと思いながらも。

あちこちの大学で開かれるオープンキャンパス。神奈川・東京・埼玉・栃木にある看護系の学部がある大学にはほとんど見学に行った。どこかの大学へ行くたびに、その道へ進むことへの憧れは大きくなる一方だった。私は自分のレベルがどの程度なのかは全く気に止めず、いろんな学校を見て回り、学生と話して、私もこうなれたらいいなと、わくわくしていた。

浪人したぶん、学費の負担はなるべく抑えたい気持ちもあって、公立の大学を都内に見つけた。そこでは、教員が進路相談に応じてくれる機会があった。

このまま看護の道に進んでいって良いのだろうか。

そのことを、相談してみることにした。病気であることも、周りから反対されていることも、私自身わからなくなっている気持ちも全部。

そうー、つらいわね、と聞いてくれた。そして、看護とはちょっと違うけれど、〝福祉〟の分野はどうかしら。看護と近い分野だと思うわよと、言ってくれた。ちょうど、このすぐ裏のほうに福祉系の大学があると聞いて、今までにない新たな選択肢を教えてもらった。

これが、私が福祉の道へ進むきっかけになった。

＊

～夏～

夏に彼から届いた暑中見舞い。びっしり文字が書かれていたけど、とても見えづらい身体で書いていることも書いてあった。読みにくくてごめんねと。

九月。最後にもらった彼のメールには、こんなことが書いてあった。

「お台場で観覧車に乗ったとき、本当は後ろから抱きしめたかった……」

それを見たとき、とてもびっくりした。そのワンフレーズをじっと見たまま、心は動揺していた。そんなことを言われると思ってなかった。私は大人の彼と一緒にいる時間は、少し歳の離れたお兄さんと一緒にいる感覚だった。結局、九月に彼が私にくれたメッセージ、気持ちに応えることなく、受験を言い訳に逃げてしまった……。メールも返さなければ、携帯は放っておいて着信は全部、無視した。

自分本位すぎた。あのメールを書いた彼の気持ちを、私は少しでも想像したのかな。ただただ、びっくりしたまま、どうしようと思う自分の感情しかなかったと思う。相手を想う気持ちが少しでもあったら、何かしら応えたはず。今さらそう思っても、「たられば」は、意味がない後悔。

ことばは、口にするのと、文字にするのは、違うと思う。どちらが良い悪いでもなくて、重みの差があるわけでもなくて、何が違うっていう明確な何かはわからないけれど、とにかく違う。文字で見た彼のことばには、彼の気持ちがあるのに、私はそれを感じ取ろうとしなかった。想像しなかった。ただの文字として残った。

……でも、彼のことばとして、今でも私のなかにある。

5　彼との別れ

その後、どんどん私は受験モードに入っていった。インターネットでのメールは、いちいちダイヤル回線なのが面倒になっていたし、携帯は自分から用があるときしか使わずに、放っておいた。

彷徨い続けたまま秋が過ぎて、看護から福祉の道へ進むことを決めた冬が来て、新年を迎えた。

久しぶりに、深夜のリビングでインターネットをつなぎ、ふと、誘われるようにして彼のホームページを開いた。

嘘でしょ……。

彼のホームページを開いて、一番に見るトップページ。

「永眠」という言葉があった。彼の家族が書いたものだった。

あまりにも衝撃が大きくて、急に時間が止まった。私の感じるすべての空気が凍りついた。パソコンの画面をじっと見る私の視線も、その言葉に止まった。時間は止められないはずなのに。息をするのも止まったくらいの衝撃。

急に凍りついて止まった時間が、動き出した途端に、あったかい涙が頬を伝ってするする流れた。涙はどんどんあふれて止まらなくなった。どうして。何で……。

家族が寝静まった夜更けに、彼のホームページの前で声を殺して泣いた。どうして、どうして……何で……どうして、何でなの。声を殺すのも耐え切れなくなって、静かに声を上げて泣いた。

何がなんなのか、どうしてこうなったのか、わからない。突然、「永眠」という文字を見ても、どうしてこういう再会になったのかも、わからない。こんなに泣いている私の気持ちもわからない。急に止まった時間が動き出してから、ひたすら泣き続けた。泣いて泣いて、疲れてパソコンの前で呆然としても、涙は止まらなかった。目の前のパソコンの画面は、無機質でとても冷たいものだった。

動いてゆく時間とともに、少しずつ、私の思考も動き出した。彼にはもう会えない。語り合うことはできない。一緒に笑うことはできない。いつかね、と言った、いつか、は来ない。またね、と言った、また、はない。最後のメールに返信することもできない。何も応えないまま、終わった。

彼が最後にくれたメールと、最後にホームページを更新した月は同じだった。すぐに返信していれば、びっくりして困惑していることをそのまま伝えていれば。それはできたはずなのに。私は彼の気持ちを遮断して逃げたままで、こんなに悲しい別れをするなんて一ミリも考えていなかった……。

彼と二度と会えないことを知った悲しみで泣いていたのが、後悔の涙に変わっていったのがよくわかった。時間は戻らない。自分のとった行動は修正できない。どれだけ泣いても、泣いても、やり直しはできない。過ぎた時間は二度と取り戻せない。涙が、枯れるなんてない、なくならない。私の体験した時間は消せない。

彼と過ごした八か月は、とっても短かくて、あっさりと終わってしまった。あっさり終わってしまったのに、私のなかに色濃く残った。

6　二度目の受験

その後、私が受験したのは、千葉、群馬、埼玉にある大学と、都内にある三か所の大学。第一志望に受からなくても、どこかに行ければいいか、くらいの気持ちだった。

群馬にある大学は、受験対策までしてくれる学校説明会があった。学校案内も見て、そのカリキュラムには〝医療福祉〟を学べることが明確に記されていたので、ここもいいなと思って受験した。

私は、医療の場で、人に寄り添える人になりたいという気持ちを持ち続けていた。それが、看護師であるか、新しく知った福祉職である医療ソーシャルワーカーか。その気持ちで受験する学校を選択するのに、ほかにも受ける予定の千葉の大学には魅力を感じていなかった。

もともと理系の科目を勉強していて、文系である福祉の道を考え始めたのは、秋。福祉の道へ進もうと決心したのは、もう冬だった。高校で全く日本史を学んでいなくて、古文も高校の授業を受けただけで、受験勉強はしていない。どうにかする気も起きなかった。だから、受験できる大学は限られた。受験科目に日本史と古文がないところ。一方で、英語と現代文だけでいいなんて、今まで必死にやってきたことは何だったんだろうと思えてしまうことが悲しくて、やる気は、がたんと落ちた。

二度目の大学受験も、チャンスは使い切った。何も言わず、私がチャンスだと思うままに受験させてくれた両親。特に、母は、思うように進んでいけない私の一番近くに、いつもいてくれた。私が、悔しくて悲しくて、これでもかと泣いた日々を、一緒に感じて、励まし続けてくれた。それを見守ってくれていた父、私の味方になって元気づけてくれた妹。そんな家族に対して、「感謝」ということばでは、あまりに軽すぎるけれど、他にことばが浮かばない。

センター入試で出願した都内の一校は予想どおりに落ちた。群馬の大学も、第一志望の学科に落ちて、第二志望の学科で受かった。第二志望は、書く欄があったから書いただけで、受かっても意味がなかった。私のセンター試験は、浪人してもしていなくても同じだったと思う。現役のときには受けなかったから、体験して良かったことにしようと思った。

都内の一校は二日間受け、千葉の大学も二日間受けた。受験日が二日ごとに続き、四日連続で試験を受けた。手応えがあった。今まで経験したことがないくらい、違う手応えだった。それまでに受けた大学は、私の学力で行けるところではなかったのだと思った。病気で道を塞がれたとは言えない。そうは思いたくなかったけれど、やっぱりそうなのだ。

私は千葉にある福祉系の大学へ進学した。

その学校は、第一志望ではない。一番行きたかったのは、看護から福祉の道へ進むきっかけをくれた先生が教えてくれた、都内の公立の大学。だけど、そこは手応えがないまま終わってしまった。

結局、合格したなかで、まだ新しい大学よりも、歴史のある大学で学ぶことを選んだ。それまで、私のことは私が決めると言ってきたけれど、家族と相談して、進学する学校を決めた。

受験したすべての学校から、合格者番号の一覧を請求していて、私はそれを見て合格を知った。合格通知自体が届くのは、このあと。今まで、どこの大学の合格者番号にも載ったことがなかったので、初めて自分の受験番号があるのはほっとしたけれど、うれしいというより、当たり前と思った。

群馬の大学の合格者の番号一覧には、ほかに「補欠者番号」というのが入っていた。私は補欠というものの存在を知らなかったが、その大学の第二志望の学科の合格通知と一緒に、第一志望の学科の「補欠七位」という通知が入っていた。そのあとで、繰り上げ合格の知らせが電話であったけれど、その時、もう千葉の大学へ行くことを決めていて、辞退した。

合格者が全員そこに進学するとは限らなくて、要するに「滑り止め」として受ける人が多ければ、辞退する人のぶん、繰り上げられるってことだとわかった。私は、そういう学校に行くことが嫌だった。

浪人したのに……と私が私に言っていた。無駄にプライドの高い私が、そう言って合格した喜びを消した。

＊

彼のホームページには、福祉に関することを書き込みできる掲示板のリンクが貼ってあるのを知っていた。関心がなかったから、リンク先を見ていなかっただけ。

福祉職に就いている人が困っていること、次々と変わる制度のこと、知りたいことなどを書き込み、ほかに掲示板を見ている人が回答してくれたりしていた。

私は、その掲示板を使って、福祉系の大学に合格したことを、彼に報告した。彼に届いたかどうかわからないけれど、掲示板を見ている人たちが、何人も「おめでとうございます」と書いてくれた。せっかく、看護とは違う道を見つけて踏み出すのに、私はあまりうれしさを感じなかった。そう決心したはずなのに、おめでとうと言われても、おめでたくない、と思った。浪人したのに、第一志望校には受からなかったし、やりきった感じもないと思えていたから。

7 縁

入学式に初めて、合格した千葉の大学のキャンパスに行った。それまで、見学にも行かなくて、受験会場もサテライト会場で受けていたので実感がなかったが、とにかく家から遠かった。わざわざ二時間半もかけて行ってみようという気持ちにはならなかった。でも、これから毎日、四年間通うのだ。一限目の授業は、遅くても朝六時二十分の電車に乗らないと間に合わない。

大学生になった私も、基本的にひとりで行動した。何のために大学に通うのか……私の新たな「夢」を実現するためだ。医療ソーシャルワーカーになりたい。自分のために学ぶ。自分の道を進んでいく……。

数か月が過ぎた頃から、ほかの大学へ編入することを考え出した。四年間もここで学ぶことが良いことなのかわからなくなっていた。百人以上入るような教室での授業は、いつも周りの学生の態度が気に障った。数人でおしゃべりして盛り上がって全く授業を聞いていない塊が、あちこちにあった。寝ていてくれるほうがまだ静かでましだと思った。後ろの席に行くほど、そういう学生がたくさんいた。うるさい。レジュメが配られていることも気づかずに、ずっとしゃべり続け、私は早く後ろに回して、とイライラしながら授業を受けることに、本当に疲れていた。ずっと、この調子で勉強するなんて、とても耐えられないと思った。

この人たちは、どうしてここにいるんだろう。何をしに来ているんだろう。私は、社会福祉を本気で学びたい。

大教室の授業のときは、なるべく前のほうの席に座った。勉強したい人たちのなかにいたかった。遊びに来てるわけじゃないから。憧れの楽しいキャンパスライフ、みたいなものを思い描いて入学したとしても、楽しく過ごす時間と、真面目に勉強する時間は、区別してほしいな。

こういう人たちと、同じいろに染まりたくない、と私は思っていた。

空き時間は、図書館のなかでも席を取る競争になる一人用のボックス席で勉強したり、空いていなければ四人がけの大きな机の一席で勉強したりした。それだけ、熱心に学んでいる学生がいるということ。そう感じられる空間だった。図書館には、福祉や医療の専門的な本がたくさんあった。それは今までになかった環境で、とても楽しかった。浪人していたときのように、せっかくの勉強スペースで寝ることはゼロではなかったけれど、勉強したい気持ちは断然、強かった。同じように過ごしている友だちもできた。互いを高めあえるような、良い刺激を受けるような、哲学する時間をいっぱい共有した。そんな友だちができていったことは、学ぶ意欲が湧いた。

息抜きに、図書館の外にあるベンチにもたれるように座って、一人でぼんやりする時間もあった。芝生によく似合う、白くて丸いテーブルと椅子。そこで寝ている私に冷たい視線を浴びせる人たちもいたけれど、どうでもいい。一人でいる時間に、気に障る学生たちはいない。私の望んでいる学生生活、気持ちに余裕がある時間を大事にした。

初夏の風がすうっと吹く天気が良い日は、とても心地よくて、彼と過ごした時間の空気と、よく似ていた。そして、静かで、私の好きな過ごし方だった。

＊

彼から届いたものは、特別な場所にしまってあった。特別といっても、カギがないと開かないとか、そういうあらたまったものではなくて、好きなものを飾っておく場所で、その一部分のことをそう呼んでいるだけだ。がたがたと縦に横に動かしながら開ける、小さな引き出しである。

時々、その引き出しを開けたくなる。引き出しのなかはいつでもぷちぷちに包み直したCD-ROM、彼の字が書いてある暑中見舞いのポストカード、そして彼とでかけたときにつけていた雑貨屋で買ったおもちゃの指輪の順番に重ねてしまってある。

懐かしくなって郵便物を手に取ると、from のあとに千葉県千葉市、と彼の住所が続いていた。私が通う大学も、千葉県千葉市にある。

確か初めて会った日、お見舞いに行った病院の外でしゃべっていたときに、彼が千葉に住んでいると聞いた。私は「私、千葉駅が近い予備校に通っていたことがあります。モノレールがぶら下がって動いていて、なんかドラえもんの世界みたいな、未来的な感じがしました」、そう彼に話した。

そうだ。彼は千葉の人だったんだ。

私はすっかり忘れている状態で、同じ場所にたどり着いたのだ。東京でも、群馬でもなく、千葉で。看護でも児童文学でも何かを創ることでもなく、社会福祉を学んだことは、なにか「縁」があるように思えた。

この大学の受験番号は1番だった。二日続けて受けて、どちらの日も受験番号の下三桁が001番だった。そこの会場で社会福祉学科を受験する一番目。

私はそれまで、自分に社会福祉の道に進むことをずっと押し付けていたのかもしれなかった。看護の道に進めない代わりとして、私はこの道しか進む道がないのだと、自分を説得し続けていたのだ。本当はどこへ進みたいのか、何がしたいのか、気持ちは迷子になったままだった。

そんな私を、彼が助けてくれた。わざわざ、埼玉にある家からこんなに離れたところへ来たのは、彼が呼んでくれたからのように思えた。

彼はきっと、社会福祉を学ぶことにしたんだね、って言ってくれると思う。

ほかの大学へ編入したい気持ちもあったけれど、やっぱり彼のいる千葉で、これからも一緒に学んでいきたい、大切にしたい友だちがいる場所で、望む学びを保証してくれる先生のもとで、医療ソーシャルワーカーになるための勉強をしようと決めた。

大学に入学して、初めて迎えた冬。お台場までは行かなかったけれど、彼と一緒に見たブランドのジュエリーショップに行って、そのとき一番かわいいと思ったハートがいくつも連なったデザインの指輪を買った。彼が空へ旅立ってから、ちょうど一年目の日に。

贈り物ですか。

いいえ、自分に、です。

私は十一月から、この買い物のことを考えていた。バイト先で、たまたまこのジュエリーブランドのネックレスの話になって、すごく欲しくなったのだ。

十二月一日を目の前にして、どうしても、彼が空へ旅立った日に何かしたいという気持ちが一気に高まった。

十二月一日は、絶対に忘れたくない、永遠の日だから。

本当は、彼の家へ会いに行きたかった。彼が送ってくれたCD-ROMや暑中見舞いのハガキに住所が書いてあるし、行こうと思えば行けたのかもしれない。だけど、それはできなかった。どうやって、彼の家族に自分のことを説明すれば良いのかが、わからなかった。

こんなことを考える私に、彼との思い出を引きずって次に進めなくなるからと止める友だちもいたけど、「忘れたくない思い出」もあると言ってくれた友だちもいて、その言葉が私に響いて残った。素敵な考え方を教えてくれる友だちだと思った。

私は忘れたくない。彼と過ごしたとても短すぎる日々のこと、永遠の別れを知った瞬間のこと。後悔もあった。

いくつものハートと二つのジルコニアがキラキラしたかわいい指輪は、「戒め」の指輪でもあった。後悔って、意味がない。後悔した体験を、次に活かせば良い、とよくいうけれど、そんなことはこの後悔にはあてはまらないと思った。ほかの誰かとの間に活かせるとしても、彼と私に、もう次なんてないから。

8　恩師との出会い

もし、編入するなら、どこの学校に行きたいかインターネットで調べていたとき、医療ソーシャルワーカーになりたいならこの人に学べ、というのが書いてあるのを見つけた。私がそこで見たのは、まさに通っている大学の教授だった。

この教授に、すぐにでも会いたいと思った。シラバスを見ると、その教授の授業は、一年生の私はまだ受けられなかった。でも待てない。編入も考えているんだから。ここに留まる理由がほしい。学びたい気持ちが湧くような友だちができても、そう思った。

まだ、サークルの勧誘があった時期。いくつか見学に行ったけれど、結局どのサークルにも入らなかった。中学・高校と続けた吹奏楽もやめた。通学にかかる時間を考えると、サークルで活動する余裕はない。

そんなかで、学内のボランティアサポートセンター「ぼらせん」に、大切にしたい友だちのひとりが誘ってくれて、興味を持った。空き時間に活動できればいいなと思って、その活動に参加してみた。

そこでの活動は、学生のボランティア先の開拓と、ボランティアをしたい学生とボランティアの受け入れ先とのマッチング。ほかに、白杖の体験会を開くことや、大学祭に来てくれた障害のある人のサポートだ。

二年生の先輩に、医療ソーシャルワーカーになりたいと話したら、さらにその上の先輩が、私が会いたくて仕方ない教授のゼミ生を紹介してくれた。

そのゼミ生は、教授の授業に誘ってくれた。私は授業が終わってから、まだ黒板の前にいる先生に話しかけることにした。

大きな教室で授業を受けていたので、教授に近づくのは緊張した。いきなり話しかけて良いのかわからないし、なんと話しかければ良いかもわからない。だけど、チャンスだと思った。こっそり後ろのほうで聴講していたから、小走りで階段教室の階段を降りた。使った資料や回収したペーパーを整理している間に、教室からいなくなる前に、とにかく、目の前にまで近づいた教授に、声をかけなくちゃ。

「教授」は、「先生」と呼ぶほうが合っていた。先生は、空いている時間と研究室を教えてくれて、後日、先生の部屋に会いに行った。

医療ソーシャルワーカーになりたいこと、ほかの大学に行ったほうが〝医療福祉〟を学べるような気もして編入を考えていること、社会福祉士と精神保健福祉士、どちらの資格を目指せば医療ソーシャルワーカーになれるのか知りたいこと。

先生は、私の話を聴いてくれた。そして、ここで十分に、医療ソーシャルワーカーになるための学びはできると言った。ほかの大学への編入は、反対も賛成もしなかった。ただ、私が望んでいる学びは、ここでできると保証してくれた。

社会福祉士と精神保健福祉士の違いすら知らずに、この道に来た私は、本当に、福祉の世界について無知だった。

何も知らない、無知な私を育ててくれたのがこの先生で、四年間ずっと私は先生を追いかけ、授業はほとんど全部受けた。まだ受けられない授業も聴講した。先生の話は深くて難しくて、よくわかっていなかったかもしれないけれど、どんどん惹かれていった。志の高い友だちも増えて、一緒に学び、深めていった。そういう友だちは、周りにたくさんいた。本気で社会福祉を学びたい気持ちを持つ友だちに恵まれていた。

三年生から始まるゼミを決める選考会の掲示が出たときには、迷うことなく、その先生を選んだ。選考に必要とされた課題が、この先生の敷居の高さを感じるものだったけれど、この先生につくのに必要な、求められる力なんだと思った。

面接では、ほかに検討しているゼミはあるか質問され、ありませんと言い切った。私は、この先生から学びたくて、この大学にいる。医療ソーシャルワーカーになるために、ここで学んでいる、そう伝えたはず。

そして私は課題をクリアして、やっと、先生のもとで学べるようになった。三年生から二年間学んだ。研究テーマは「対人援助の臨床福祉学」。これを聞いても、なんだかよくわからないけれど、とにかく、普段の対人関係のなかでの「私」を問われる学びだった。ひとりでは理解できず、消化しきれないことも多くあって、同じゼミ以外の友だちとも熱く語り合う時間がどんどん増えていった。

先生の話で印象に残っていることがある。もし、専門職に就いても、スイッチの切り替えのように、「私」から「専門職の人」になれない。変身はできないのだ。「私」という人は、どこで何をするときも、私でしかない。病気も同じ。私が「病人」という別の存在になるわけではなくて、病気がある私も、私でしかないのだ。

私たちの師匠である先生は、大切なことを教えてくれた。

人はひとりで生きていない。

よく耳にするのは、〝ひとりでは生きていけない〟だけれど、そもそも、誰もひとりではは生きていないのだ。孤独とか、ひとりとか、そう言っていた私のそばにも、必ず誰かが存在している。家族、友だち、先生、あるいは、私のなかにいる彼かもしれない。

＊

大学二年生になる前、好きな人ができた。彼とあまり変わらないくらいの歳の、私より大人なひと。私にないもの……見てきたもの、考え方、行動、全部を持っていて、私にもあるもの……知っていること、見てきたものの一部もあった。外から見ていてもわからない、どこかに秘めている魅力があって、惹かれていった。私にないものに触れるのは、知らない世界を初めて見るようで、どきどきした。そして、尊敬した。そんな人を大好きになって、いつの間にか、私の指から「戒め」としていたハートとジルコニアの指輪は外れた。

そのときに大切だと思う人を、本当に大切にね、って言われているみたいに。

もちろん彼の声が聞こえたわけではないし、大切にしようと、特別に意識していなかったけれど、自然に、私の気持ちと行動がそうなった。これが、後悔から学んだこと、なのかな。相手の気持ちを想像しよう。応えよう。大切な人だから。

誰かとジュエリーを見ることがあっても、彼と見たブランドは避けた。そのブランドは、私にとって彼とのものだから。お台場で一緒に見たあのときも、これから先も、ずっと。

9　勉強の日々

浪人中も、あまり勉強したと言えるほど勉強していなかったけれど、がんばっても授業についていけなくて、教えてもらっても、教えてもらったままにしかわからなくて、私はとにかく高校生までの勉強が苦手だった。でも、大学では勉強するのが楽しくて、内容がわかって、難しいことももっと勉強したい気持ちになれた。生まれて初めてこんなに必死に勉強した。四年間、本当に勉強したって胸を張って言える。

浪人したのに……と入学前に思っていた私に教えたい。今ではここで学べたことを誇りに思うこと。一生、大切にしたいと思う友だちにたくさん出逢えたこと。浪人したから、ここに来られた……。

社会福祉士の国家試験の前。二〇〇六年十二月の私は、一秒も無駄にしたくなかった。

自宅から大学まで行くには、いくつもルートがある。上野から東京で乗り換えるのは同じだが、大学はディズニーリゾートのもっともっと先。

東京で京葉線に乗り換えて、そのまま終点まで行く方法。

東京で総武横須賀線の快速に乗り換えて、千葉から乗ったことのない電車に乗り換える方法。

上野から秋葉原で乗り換えて、中央総武線の各駅停車で錦糸町へ、そこから総武線の快速に乗り換える方法。

私が勉強するために一番利用したのが、上野~秋葉原~千葉のコース。三回目に乗り換える電車は、ずっと各駅停車でのろのろ時間がかかって、勉強するのにもってこいだった。自宅の最寄駅から上野までの四十分は、吊り革を確保するのも難しいくらい混んでいて、できることは、電車で見るために作ったA４のコピー用紙にまとめたものを見て覚えること。例えば、年表をまるごと暗記する、とか。

山手線に乗り換えて、秋葉原までの時間は、短いし混んでいるので、乗るだけ。総武線に乗り換えて、各駅でそのまま千葉駅まで。この長くて空いていて座れる時間を思い切り使った。テキストを読み漁り、社会福祉六法にマーカーを引き、書き加え、国家試験の過去問を解く。家で二時間半机に向かうよりも、電車で勉強するほうが頭に入った。

家でも何かしらの勉強道具をずっと持ち歩いた。片時も、勉強できるものを手離したくなかった。「あれ、なんだっけ」と思ったとき、すぐに調べたいし、トイレでも、何か一つくらいのことは見返したり覚えたりできるはずだし。さすがにお風呂には持ち込めないけれど、ごはん以外の時間は、ひたすら過去問を解いて、友だちに教えてもらったサイトで、予想問題に向かい、問題と回答すべてを勉強した。暗記するものはホワイトボードに書いて、寝る前に覚えて、次の日の朝に確認したら消して、新しいものを書く、というふうにしていた。

友だちと一緒に勉強することもあった。帰りの電車や空いた時間に問題を出しあったり、私の家に来てくれて、泊まりこみで学びあったりした。わからないことは、お互いに解釈して理解した。大学の先生から、自分の学びを誰かと共有すれば、互いに二倍学べる、と言われたとおりだった。このときは、友だちに勉強を教えてもらってもちゃんとわからなかった浪人生の私とは違う。

国家試験だけではなく、ゼミの先生の力も借りて、卒論と就活も同時進行だった。しんどかった。卒論の提出期限も迫って、これを出さないと卒業できないし、四年間の集大成。

これは納得いくようにやりきりたいと、寝ずに考えて文献にあたって、これ以上何も出てこなくなるまで、書いた。頭のなかが、ぐっちゃぐちゃになって、机には雪崩《なだれ》になりそうな本の山ができて、プリンターも稼働しっぱなし。いつでもすぐに書けるように、パソコンもずっと電源を落とさなかった。集中力を高めると聞いたシューベルトをBGMにした。

就活は、卒業が迫っているのに全然うまくいかなかった。

国家試験の数日前にも採用試験を受けに行った。高校生のときみたいに、先が決まっていく友だちを羨んだりとか、周りがどうとか、そういうことはどうでも良くて、私は私の道を開拓することだけを考えた。でも、友だちが次々と就職の内定をもらえば、おめでとうと思いながら、やっぱりちょっと焦っていた。

書類選考から先に進めないのは、病気が全く関係していなかったとは思えない。「健康な人」が就く仕事だから。その仕事に就く人が、まず健康でないとダメだから。実際にそう言われた。

私は、自分の病気体験があるから、医療ソーシャルワーカーを目指したのであり、それを抜きにして、ほかの動機は話せなかった。うそも方便、という考えにはどうしてもなれなかった。バカ正直。

＊

彼は、見ていてくれたかな。応援してくれたのかな。だから、全部のことを最後までがんばれたのかな。

卒論のタイトルは、「病いを生きるということ」。とてもシンプルな表題。本当は、もっと卒論らしい、長い表題とサブタイトルみたいなのが欲しかったが、ずっと追いかけてきた先生が、これでいいと言った。病い……病気を生きることは、どういうことなのか。私は四年間、真剣に考え続けた。

看護の道に進まなかったこと、就活が全然うまくいかなかったこともそう。いつでも、私には「病気」という問題がつきまとっていた。これからも、病気を生きるのに、この問題はずっとついてまわる。先生も言っていた。それでも生きていく、ということを追求した。

例えば、病気とか障害を、私たちは「受けいれる」ことなんてできなくて、受けいれ続けるんだ、と結論づけた。彼も、たくさん受けいれ続けてきた人だと思う。彼と出会ったころに尋ねたことに、特にこれといった答えを聞いた記憶はないけれど、いつも前向きでいられるわけじゃないよと、彼は言っていた。自分におこる変化を受けいれていくような感じがした。

病いを生きるということは、彼との共通項でもあった。

彼が、自分の病気体験をもとに、誰かの相談に乗るネット相談室で活動していることを知ったのは、彼と過ごした日よりも、もっと先の話だった。私が医療ソーシャルワーカーとして働くようになって、複雑でどんどん変わってゆく福祉や医療の制度を勉強するために見ていた、いろんなホームページのなかの一つ。そこは、彼のホームページに貼られていたリンク先で、そこに彼がいた。

ずっと変わらないこと。私は、自分の病気体験を活かして何かがしたい。誰かに寄り添える人になりたい。

外から見るより遥かに、病気を生きていることは、嫌なものじゃない。

きっと彼もそう思っていたと思う。

病気を生きているからできること。病気を生きていなかったらできなかったこと。もちろん、病気を生きているからできないこともたくさんあったと思うけど。

思うように進めないことって苦しい。でも、彼は、そういう苦しみや悲しみよりも、前を向いて進んでいく印象を与える人だった。

私も、そういう強さを、持ちたい。

10 就職

　今から五年前の冬。大好きになった人と一緒に買った本物のアクアマリンと、とっても小さなダイヤモンドがついた指輪が見当たらなくなった。

　私が、そのとき一番大切にしていたのは、その人ではなくて、仕事になっていたからだと思う。彼がくれた最後のメールの気持ちに応えることなく彼を見失ったように、また、大好きなはずの人を見失ってしまった。たくさん知らない世界を見せてくれて、たくさん国家試験の勉強にもつき合ってくれた、感謝している人……。今思えば、なんて愚かなんだろうって思う。

　私はそのころ、横浜の病院でソーシャルワーカーをしていた。泣きながら遅くまで残業する日も多かったし、仕事が終わってから会議に出かけたり、とにかくものすごく忙しくて、大変だった。だけどやりがいがすごくあって、ソーシャルワーカーとして働けることが楽しかった。患者さんや家族に寄り添えるようにと思って仕事をしていた。だけど、そういう仕事に明け暮れる毎日に、余裕はなかった。毎日くたくたで、大好きな人でさえ大切に想える気持ちの余裕が持てなくなってしまった。そうこうしているうちに、大切にしたかったはずの人を見失ってしまった。確か、クリスマスが過ぎた頃。いちごのショートケーキをホールで買って、一緒に過ごしたのが最後。

二〇〇九年から二〇一〇年になって、忙しすぎる日々に私のからだがついていけなくなって、入院もして、退院してからは実家で過ごすことが多くなって、横浜での暮らしをやめた。PNESの診断をされたのは、この頃。でも、受けいれなかった……。

そして、もう一つ、どうしてもやりたかったことをするために転職を決めた。気持ちに余裕がない毎日から解放されて、大変でも新鮮な新しい世界に、うきうきしていた。そのときもまた、私が大切にした一番はやっぱり、うきうきしている仕事だった。

就職活動をする時期になって、医療ソーシャルワーカーと迷った道がある。福祉を目指した原点を考えて、医療ソーシャルワーカーの道を進んだが、公共のバリアフリー化に携わる仕事をしたい気持ちが頭の片隅にあった。

私は、誰もが当たり前に生活できる社会であってほしいと考えている。そういう社会になるように、何かしたいと思った。それが、鉄道会社に就職することにつながった。誰でも、当たり前に不自由なく電車に乗って、仕事に行ったり、遊びに行ったり、自由にどこへでも行けたらいいのに、と思った。

学生の頃にボランティアをさせてもらっていた病院がある。そこで入院生活をしている人たちと一緒に、クリスマス会などのイベントをしたり、外出したり旅行に行ったりするボランティアだった。初めて、旅行に行ったのが、ディズニーランド旅行。大変だった。

みんな電動車椅子かリクライニングの車椅子で、人工呼吸器を使っている人もいた。電車に乗るために、何月何日の何時に電車に乗りたいと、事前に駅へ連絡し、おそらく、あまり混雑しない電車を指定されたのだと思う。エレベーターのない駅で、車椅子が乗れるようにエスカレーターを操作してもらわないといけない。そして、時間がかかるけれど、わざわざ遠回りして、乗り換える勝手が良い駅を経由して行った。乗り換えるときは、一般に通る通路ではない、裏道のような通路を案内してもらい、なかなか乗り換えられないんだな……と感じた。目的地であるディズニーランドに着く前に、疲れてしまう。私も疲れたけれど、車椅子にずーっと座っているみんなは、どれだけ疲れただろう。こんなに大変な思いをしないと、電車に乗って出かけられないなんて、不自由だと思った。

もし、駅のバリアフリー化が進めば、もっと当たり前のように、電車に乗れるのではないだろうか。リクライニングの車椅子を使っている人と、つき添う人が、楽に乗り降りできる大きさのエレベーターがほしい……。多機能トイレは、大人が使える大きさのオムツを換えるシートがほしい……。まだまだ不自由なことはたくさんあると思う。

だけど、やっぱり利用しやすいのは駅だと思うことが多い。駅や電車は、エレベーターの設置、多機能トイレの設置、誰もが見やすいコントラストの案内表示、ホームと電車の段差解消など、いろいろ進んでいると思う。でも、ハード面のバリアフリーが進んでいるのと同時に、人によるサービスでしか達成できないバリアフリーがあると思い、それがもっと必要だと感じていた。

誰でも、自由に、お出かけも旅行もできるようなサービスを提供する人になれたら、と夢を抱いたのが、鉄道会社に就職したいと思ったきっかけだ。

体調はさておき、熱くなった想いのままに就職したため、ほんの少しの間だったが、駅の窓口にいても、気軽になんでも話しかけてほしい、困っていることがあれば解決して、楽しく出発していってほしいという気持ちを持っていた。それは、医療ソーシャルワーカーになりたいと思った動機の一つと同じ。寄り添うにもいろいろな形がある。

結局、私がやりたいことは、どこの業界でも同じなんだと思った。

*

彼がいなくなって十二年経った去年の初夏。何の予定もなく、ふらっと駅ビルのなかを歩いていたとき、上りのエスカレーターを降りたすぐ目の前に、彼に教えてもらったジュエリーショップがあった。

「eternal silver」

吸い込まれるようにショーケースに飛びついて、eternal silverのラインナップを眺めて、いいなと思うものをいくつも候補にした。でも、何だかすぐに決められなかった。そもそも買い物をするために駅ビルに入ったわけじゃなかったし。

パンフレットみたいなものはありますか。

ショップ店員の女性は、手のなかに収まるくらいの大きさの冊子をくれた。

ぜひ、またいらしてくださいね。
たぶん、また来ると思います。

悩んだ。私が手にするものなのかどうか。彼の気持ちに応えられなかったことの「戒め」でもあったハートの指輪は、彼との思い出を忘れないためでもあった。だけど、いまはどうなんだろう。私の気持ちは、そのときと同じなのかな。それこそ、「戒め」の気持ち……後悔を引きずりながら、それを思い出すようなものを身につけることって、どうなんだろう。

これでもかというくらいに、「eternal silver」のラインナップを見つづけた。いますぐに決めなくても良いことなのに、いま決めたいと思った。せっかく再会した、このジュエリーブランド。また今度、と家に帰ってしまったら、今度が来ないかもしれない気がした。もう、そういうのは嫌だから。

輝くアイテムがいくつも載っているそれを持って、あちこちで悩み続けた。外を眺められるベンチに座って、人の邪魔にならない場所の壁に寄りかかりながら、ずっとページをめくって、私の気持ちを聴いた。彼にも聞いてみた。どれがいいかな。というより、何のために欲しいんだろうね、と。

そして、ついに、二つに絞り、購入する意志も固まった。また来ると思う、と言ったとおり、お店に戻った。さっき話した女性の店員さんに、おかえりなさい、と声をかけられた。

やっと決められた二つをショーケースから出してもらって、手にとる。見たことがないくらい光っていた。

誕生石にこだわってきたけど、もうそのこだわりはない。そのときに美しいと思う感覚、惹かれる感覚に、素直に従いたかった。

試しにどちらもつけてみる。今度は店員の女性と一緒に悩んだ。どちらも綺麗で美しい。私に見合うのかどうかは分からない。浪人生活をしていた私に、雑貨屋で買ったおもちゃのアクセサリーは適当だったと思うけれど。今、目の前にあるものはどうなんだろう。

普段、右手の小指につけている、とっても細い金いろの線と小さな石の指輪に合うデザインのもの。しずくを逆さまにしたような、ちょっと変わった形のジルコニアと、その両隣にも小さな石がきらきらしていた指輪に決めた。しずくって、悲しい涙というようなイメージがあるけど、逆さまになっていたら、しずくの形は落ちないいんじゃないかって気がした。

おもちゃと違う重さを感じたけど、そのジュエリーへの想いの重さも感じた。

今度は、新たな決意を込めた。社会福祉士として仕事ができなくなって三年にもなるけど、いまの私は、もっと学んで社会福祉の世界に戻りたい気持ちで満ちている。パワーアップして復活したい。そのために、いまの仕事で学費を貯める。働きながら、通信制の大学でこれまで学んでこなかった、精神保健福祉の分野の勉強をして、国家試験に臨みたい。今までのすべての学びと私の体験、見てきたものや感じてきたものをめいっぱい活かして、活動したい。この想いを実現させる。それくらいの気持ちを込めた。だから、私の想いをもったしずくが、ぽたっと落ちてしまわないように、この想像している未来を彼に報告できるためにも、この気持ちを持ち続けたい。

「戒め」でもあったハートの指輪は、やっぱりシルバーだった。シルバーだから仕方ないんだけれど、だんだん輝きが消えていって、私の指の形に変形してしまって、綺麗なまるのリングではなくなってしまった。大好きな人に出逢うまでに、何度も、お店で磨いてもらって、少しは輝きを取り戻したけれど、ついに、これ以上は綺麗にならないと言われて、仕方がなくなった。

「決意」の指輪は、色が変わってしまうことも形が変わってしまうこともないはずの、「eternal silver」。

変わることのない想い。

そっと優しく寄り添うように。

純粋な煌き。

eternal silevr に込められていることば。あまりにも、しっくりくる。不思議。


社会福祉の仕事とは無縁のような生活になっても、社会福祉士会の会員は止めなかった。会員といっても、会報が届くだけ。いくつもの研修の案内が同封されていても、私には関係ないことだから……と思いながら案内をぺらぺらと見ていた。とりあえず目を通す感じ。けれど、社会福祉士の研修を受けたいなと、いつも思っていた。少しでも、福祉の世界につながっていたくて。

そう。いつも研修の案内を見ても、「経験〇年以上」とか「現在、それに携わる仕事に従事している」とか、そういう制約があって、私はほとんどの研修の対象になれなかった。社会福祉士の国家資格を取得してから八年も経つのに、経験は三年未満。社会福祉に携わることを仕事にしていない。だけど、いま、障害者雇用で、スーパーマーケットの商品管理に携わらせてもらえるのは、思っていたよりもだいぶ楽しい。知らなかった世界を体験できて、貴重な時間を過ごしていると思える。大学を卒業したばかりで何も社会経験のない人に、ソーシャルワーカーが務まるのかと言われたこともあったけれど、その時よりは、いろんな体験をしてきた私になっていると思う。

国家資格を取ったからには、そういう仕事に就いていなくても勉強を続けたい人は、私だけじゃない。現実は、ちゃんと資格を活かして仕事をしている人がスキルアップするための研修ばかりで、資格をとってもソーシャルワーカーとして働けない人たちを認めてくれていないように感じてしまう。障害とか介護とか子育てとか、いろんなことや、いろんな人に対して支援をする人がソーシャルワーカーなんだと思うけれど、ソーシャルワーカーのなかに、障害や病気があったり、いろんな人たちがいるという前提は欠けていないのだろうか。

彼なら、どう考えて、答えるだろう。

私は、福祉の世界のなかにも、いろんな人がいて当然だと思うし、福祉職に就く人は〝健康〟じゃないとダメだっていうのは納得がいかないし、何だかもやもやします、と答える。支援を受ける側の立ち場になると、こちら側からしか見えないことがあるはずだから。

11　再び　福祉の世界へ

二〇一五年一月、三年ぶりの社会福祉士の世界へ。

研修の場所は、江東区青海。正午ごろ、ゆりかもめから見る東京湾は青くて、どこまでも青かった。ちらちらと細かく広く光っている水面。ゆりかもめのドアに寄りかかりながら、ずっとそれを見ていた。こんなに美しいものだったんだ。きっと見たんだよね。この景色。どれだけ綺麗だったのか、もうすっかり忘れちゃってたけど。

帰りはもう日が暮れて、外は真っ暗だった。だけど、真っ暗のなかだから、夜景は一層輝いて見えて、幻想的できらめく世界が私を誘《いざな》った。車窓から見ている景色という感覚はなくて、とにかく夢を見ているようにさえ思える、あたたかい光の世界のなかにいた。

こういうのを、宝石箱をひっくり返したような……と言うのだろう。たくさんの高層ビルの窓からもれる灯り。規則的に繋がっている光がレインボーブリッジを走っている。その下をくぐる瞬間はドキドキした。当たり前だけど、大きな橋だなって思った。きっと、彼なら、この大きな橋の構造なんかについて話してくれるのかもしれない。〝キリン〟も温かいいろに照らされて、昼間に見るガントリークレーンとは別ものみたいに綺麗だった。大好きな東京タワーの上のほうだけが大きく見える。冬の東京タワーのいろは、とても温かいいろで、ぼんやりと光っている。夏のすきっとしたいろとは違う美しさ。

このきらきらした景色のなかにいる時間は、なんだかゆっくりに感じた。もっとずっと見ていたい。終点の新橋駅に到着したけど、もう一回、夢のような景色へ行きたい。まぼろしを見ているようなきらめきの景色は、駅のホームに入ると、すっと、現実に戻る。fantasiaということばにぴったりな、その景色から、終点の新橋駅のホームに入る瞬間は、テーマパークのアトラクションの終わりみたいだった。少し暗いアトラクションの世界から、それが終わって、ぱっと現実の光に変わる瞬間。あぁ、もう終わっちゃった、という感じが一緒だった。

研修の二日目。もう一度、この景色を見られると思っていたのだけれど、あまりにも疲れて寝てしまった。テレコムセンターから終点の新橋駅に着くまでの時間はとても短かった。昨日、再会したのに、今日は会えなかった。同じ場所なのに、昨日と今日で見える景色も感じる時間も、全然違う。

私はどこの絶景よりも、どこの夜景よりも、どこのイルミネーションよりも、一番ここの景色が好きだと思った。日が落ちたお台場のきらめきが大好き。人工的な光だけれど温かさを感じる、夢を見ているみたいなきらめき。

このきらめきの空間を、彼と一緒に乗った、はず。大きな観覧車から見た景色もこんなに綺麗だったのかな。たぶん、私にはこんなにも綺麗には見えていなかったと思う。彼も、きっと同じ。

私たちは、綺麗な景色のなかで、別々の気持ちでいたから。

＊

つい最近、二〇一四年七月に、彼を知る人にたどり着いた。何年も福祉の世界に携わっていないから、あの、大学に合格した報告をした掲示板を見ることはなくなっていた。医療ソーシャルワーカーとして働いていたときには、調べものをしていて見ることは何度もあった。

去年の今ごろって何をしていたんだろうと思って、私はよく、手帳や日記を読み返すことがある。過去の出来事をふと思い出し、その時の私が、どういう気持ちでいたのか知りたくなるのだ。彼と過ごしたいろんな景色を急に思い出すこともある。

前に見たことがある、彼を偲ぶ記事をネット上に載せているページを探した。思い浮かぶ単語で検索して、すぐに見つかった。そして、そのページの文責に書かれていた名前を探した。きっと、彼のことをよく知っているはず。彼と過ごした日々のことが書いてあったから。その人にも、するするとたどり着いた。

ネット上の掲示板……「相談室」へ。私も彼を知っていて、彼を知っている人と話したい、という内容を書いて送った。そして、すぐに返信をもらった。

横浜の病院で働いていたとき、私は神奈川県の社会福祉士会に所属していて、研修も受けていた。東京より、埼玉より、居心地がよかった。彼を知っているだろうその人は、神奈川県社会福祉士会の立ち上げに携わったそう。大先輩だったのだ。

大先輩のところへたどり着いて、彼についてメールでやり取りするようになったことを、「見えない糸で繋がっていたんだな。きっと」とメールで言ってくれた。私もそう思う。いろんなところに、つながっている。つながりを残してくれたのは、彼。

彼が、社会福祉士を目指して学んでいたことも初めて知った。私の、福祉という分野に対する関心は、本当に、浪人した秋まで無かった。彼が私に、社会福祉士を目指していると話してくれたとしても、そのときの私には残らなかったと思う。

彼の目指した道を歩いてきたことも、私は知らなかったけれど、彼が私が歩いていくのを、見ていてくれたらうれしいな。

彼は、ピア相談員として、大先輩と一緒に活動していたそう。私は、彼のように自分のホームページを持って、同じような境遇の人とつながることはしていないけれど、患者会という組織を通して知り合った同じ病気の人たちと、お互いの悩みを話したり、情報を共有したり、啓発に取り組んだり、そういう活動をしている。

＊

社会福祉士としては、まっすぐに進めなくて、途切れとぎれで、つなぎ合わせても経験値はとっても低い。そういう私もいるけれど、「病いを生きる」当事者として、企業で講演する機会をいただいたり、新聞の連載を書かせていただいたり、障害者支援計画の策定の過程に携わらせてもらったり、なかなか、社会福祉士として働いていても出会えないと思う体験を積んでいる。そういう活動のときは、必ず身につけている「eternal silver」。

彼が拓いてくれた道を、私は歩き続けてきた。これからも、たぶん、この道がどんどん延びていく。途中で誰かと新たにつながりながら。何かとつながりながら。

彼が旅立って一年経つころ、私は、社会福祉士を目指していることを彼に伝えたくなった。だけど、どうやって、誰に向かって話せば、彼と話せるのか、そういう気持ちが日記に書いてある。

会いに行きたい……。

また海を歩いて、ずっと話したい。おいしいごはんを食べて、ケーキとお茶でゆっくりして、きれいなものを一緒に見たい。

彼の気持ち……想いに、ついていけていなかった。

ついていこうと思っていなかった……。ただただ楽しかった。

私のなかで、彼との思い出は、日を重ねるごとに、年を重ねるごとに、美化されているのかもしれない。見えないけれど、美しい何か……つながりを彼が残し続けてくれているからだと思う。

永遠の別れをした彼と私。だけど、私のなかに彼は存在し続ける。相手を大切にするということも、福祉の道を歩き続けることも、私に根づいているから。

ひとは、いつも別れに向かって生きていて、別れのない出逢いはなくて、だから、一度きりの「いま」を大切に生きる。大学で学んだことだけれど、私は彼との間で、これを体験した。体験したから、簡単に忘れない。ずーっと忘れない。

今日は過去の結果、未来は今日の結果。

誰かのことばなのかもしれないけれど、私は彼のことばとして忘れない。いまを一生懸命に生きることの大切さを教えてくれたことばだから。

それから……。

こんな私を少しでも好きになってくれて、ありがとう。

とってもびっくりしたけど、うれしかった。

いまなら、成人した私だから、お酒を飲みながら話せます。今度は、何を語り合いますか？

これは、暑中見舞いのお返事。

初めて出逢った彼の歳に追いついて、きっと、少しだけ大人になった私から、
永遠の彼へ、届きますように。

END

著者プロフィール
今野　こずえ（こんの　こずえ）
1984年生まれ。
埼玉県出身。
社会福祉士。
著書に『泣いてばかりいられない――混合型血管奇形の患者と家族の手記』（共著、みらい刊、2011年）がある。
また手記『てんかんを生きる』が2013年に共同通信社から配信され、多くの地方紙に掲載される。

永遠の彼　病気とともに、社会福祉の世界に生きる

2015年10月15日　初版第1刷発行

著　者　今野　こずえ
発行者　瓜谷　綱延
発行所　株式会社文芸社
〒160-0022　東京都新宿区新宿1－10－1
電話　03-5369-3060（編集）
03-5369-2299（販売）

印刷所　神谷印刷株式会社

ISBN978-4-286-16645-2